GUIDO VAN GENECHTEN
Traducido por Alberto Jiménez Rioja

La Pequeña Canguro

LECTORUM

Mamá Canguro tiene una dificultad.
La dificultad está dentro de su bolsa.
Es grande y pesada, pero también encantadora,
y no para ni un momento en todo el día.

La Pequeña Canguro se ha hecho demasiado grande
y no cabe en la bolsa de mamá.
Ya va siendo hora, le parece a Mamá Canguro, de que
empiece a recorrer la vida con sus propias patas.

¡Pero a la Pequeña Canguro no le apetece nada!

La bolsa de mamá es muy súave y acogedora.

Dentro bebe leche y le dan un baño cada día.

Además, una bolsa así es muy cómoda,

ya que no tiene que saltar para ir de un lugar a otro.

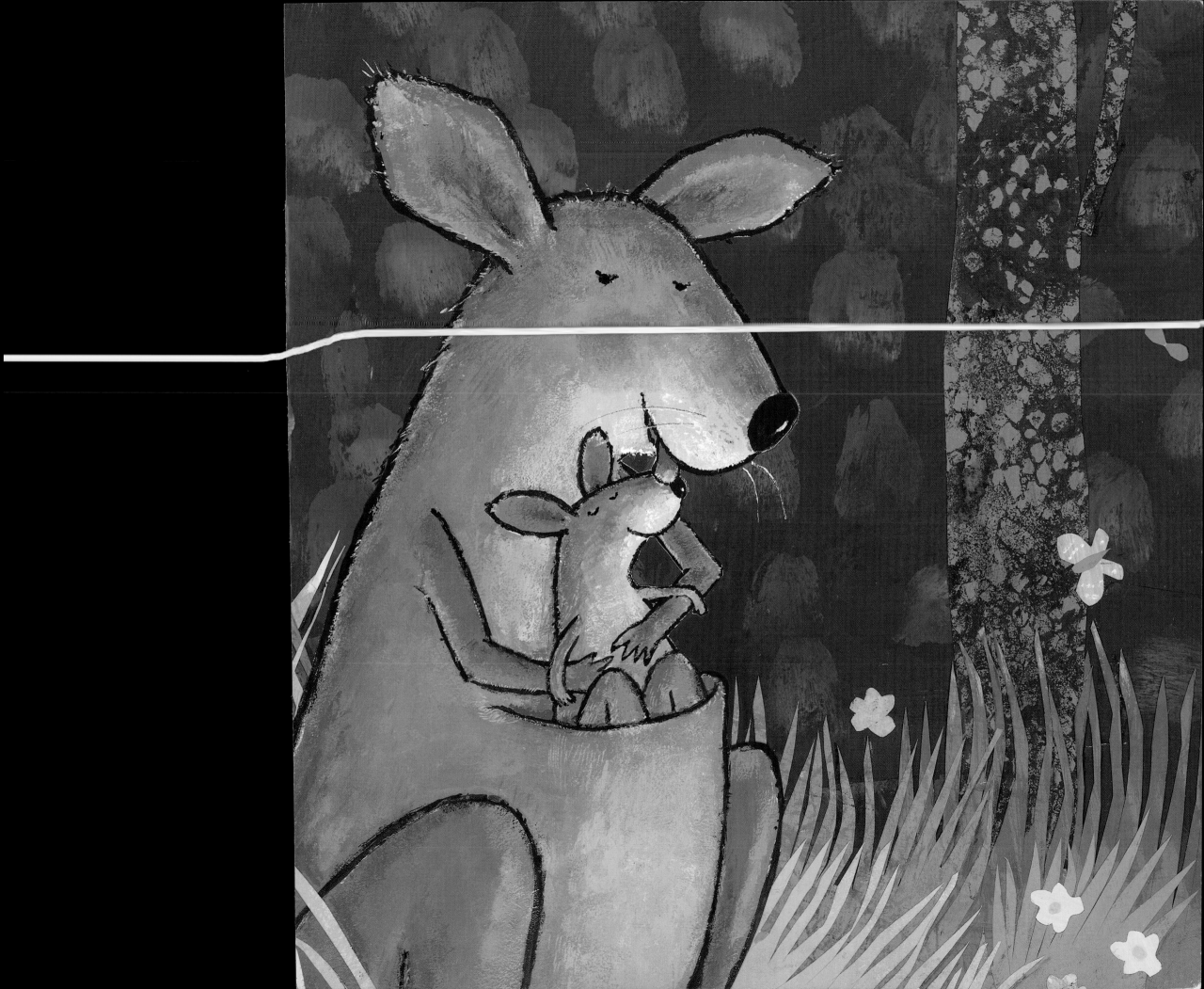

Así pues, cada vez que Mamá Canguro,
con palabras tiernas, empuja un poco a la Pequeña Canguro para que salga de su bolsa,

la Pequeña Canguro se mete dentro de nuevo.

—El mundo es mucho más grande que mi bolsa,
y también mucho más bonito —le dice Mamá Canguro—.
Mira cómo revolotean las mariposas, de flor en flor.
A la Pequeña Canguro las mariposas le parecen
intranquilas y lo de revolotear no la impresiona.
No, sin duda es mejor quedarse con Mamá Canguro.

—Mira cómo juegan los elefantes en el agua —señala Mamá Canguro.

—Los elefantes son tontos —contesta la Pequeña Canguro.

El chorro de agua que le cae encima también le parece tonto.

Por lo menos la bolsa de mamá está seca y calentita.

—Escucha qué lindo cantan los pájaros —insiste mamá—.
Me pondría a bailar con sólo oírlos. ¿Tú no?

—No —dice la Pequeña Canguro muy convencida, pero sin
dejar de mover la patita izquierda al compás de la música.

El pío pío le parece demasiado bullicioso.

La Pequeña Canguro prefiere escuchar los ruidos de la barriga
de mamá. Eso la calma.

—¿Has visto qué bien se lo pasan los monos haciendo piruetas
en los árboles? —pregunta Mamá Canguro.
A la Pequeña Canguro los monos le parecen divertidos, pero,
en su opinión, lo de las piruetas es muy peligroso.
Sólo en la bolsa de mamá la Pequeña Canguro se siente segura;
por eso prefiere quedarse allí dentro.

—¡Mira qué contentas corren las jirafas por la llanura!
—señala Mamá Canguro.

A la Pequeña Canguro las jirafas le parecen fantásticas. ¡Cómo corren!
Pero la llanura es tan grande que la marea.
En la bolsa de su mamá ella conoce todos los rincones.

Mamá Canguro se deja caer en el suelo, agotada.
Ha cargado a la Pequeña Canguro todo el día.
—¡Sigue! ¡Sigue! —grita impaciente la Pequeña Canguro—.
¡Quiero verlo todo!
Pero Mamá Canguro no puede dar ni un paso más.

En ese momento alguien se acerca dando saltos.

La Pequeña Canguro abre los ojos de par en par.

¡Son los supersaltos más bonitos y fantásticos que jamás ha visto!

El polvo le hace cosquillas en la nariz cuando el visitante se detiene frente a ella.

La Pequeña Canguro ve enseguida que él se parece mucho a ella.
Tiene la misma nariz, las mismas orejas, las mismas patas para
saltar y una cola fuerte como la suya.

—¿Quieres venir conmigo? —le pregunta él.

—Sí —dice la Pequeña Canguro—, pero si me enseñas a saltar
como tú.

Y de pronto, así, sin más, salta de la bolsa de su mamá...

... *y sale a descubrir el ancho mundo.*
Y con gran sorpresa comprueba que es una cosa muy natural.

Con orgullo, Mamá Canguro sigue a su pequeña con la vista.
¡Al fin su bolsa está vacía!
—No te vayas muy lejos, ¿eh? —le grita,
porque la Pequeña Canguro no para de saltar y saltar.

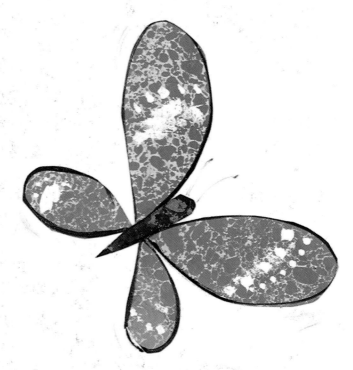